CADET-BUTTEUX,

A

L'ENTERREMENT

DU

BONHOMME CLASSIQUE,

Revue Pot-Pourri,

AVEC DES NOTES,

PAR M.r TH. F.

> Il est mort, le bonhomm' CLASSIQUE ;
> Hélas, le v'la donc z'enfoncé !

A PARIS,
A LA LIBRAIRIE D'AUGUSTE GUÉRIN,
RUE DU FOUR-SAINT-GERMAIN, N.° 18,
ET CHEZ LES MARCHANDS DE NOUVEAUTÉS.

1830.

CADET-BUTTEUX,

A

L'ENTERREMENT

DU

BONHOMME CLASSIQUE,

Revue Pot-Pourri.

ANGOULÊME, DE L'IMPRIMERIE DE F. TRÉMEAU,
IMPRIMEUR DU ROI ET DE LA PRÉFECTURE.

CADET-BUTTEUX,

A

L'ENTERREMENT

DU

BONHOMME CLASSIQUE,

Revue Pot-Pourri,

AVEC DES NOTES,

PAR M.r TH. F.

> Il est mort, le bonhomm' CLASSIQUE;
> Hélas, le v'la donc z'enfoncé!

A PARIS,
A LA LIBRAIRIE D'AUGUSTE GUÉRIN,
RUE DU FAUBOURG SAINT-GERMAIN, N.° 18,
ET CHEZ LES MARCHANDS DE NOUVEAUTÉS.

1830.

PRÉFACE.

Un personnage historique, le même qui assista à la représentation de l'Opéra de *la Vestale*, de la Tragédie d'*Artaxerce*, dont il nous a fait un récit comique et malin, Cadet-Butteux enfin, vient aujourd'hui offrir au Public ses *lamentations* sur ce qu'il appelle la *décadence du bon goût.* Mécontent de ce qu'on admire les hardies conceptions de lord Byron, la prose harmonieuse de Châteaubriand, les beaux vers de Lamartine, etc., et que, par cela même, on néglige un peu les Odes et les Satyres de *Boileau* (1), les Tragédies de *Corneille* et la Prose de *Thomas;* il exprime ses chagrins à sa manière accoutumée ; il nous peint, dans son langage ordinaire, les regrets qu'il éprouve en voyant le Parnasse envahi par des novateurs. « O tems ! ô mœurs (s'écrie-t-il, saisi d'un transport pindarique) ! on a brisé le violon d'Apollon, enlevé le trident à Neptune, arraché, déchiré la ceinture de Vénus ; en un mot, on a révolutionné l'Olympe. »

Semblable à quelques gens de lettres, Cadet-Butteux ne sait point écrire ; il vint, l'autre jour, me prier de *coucher par écrit*, les couplets satyriques que lui avait inspirés le fâcheux état des choses. Comme je ne partage point entièrement ses opinions littéraires, je me suis permis, à son insu, d'*enrichir de Notes* le *Pot-Pourri* qu'il me dicta. Le lectcur trouvera donc dans cette petite Brochure, le *pour et le contre*, le remède à côté du mal.

On a cherché à jeter du ridicule sur la polémique des Classiques et des Romantiques, sur les escarmouches que se livrent les Rossinistes et les Mozaristes : je pense, moi, que ces deux guerres, qui ont, au moins, l'avantage de ne point être meurtrières, et qui n'offrent pour résultats qu'un Opéra sifflé, ou un Poëme réduit en cornets de tabac, sont aussi intéressantes que la guerre des Grecs et des Turcs, dont on a tant parlé, ou celle des Turcs et des Russes, dont on ne parle déjà plus. Un Roman de Walter-Scott vaut bien un Turc, et je ne connais pas de Grec qui vaille une Cavatine de *Rossini*.

CADET-BUTTEUX,

A

L'ENTERREMENT

DU

BONHOMME CLASSIQUE,

Revue Pot-Pourri.

Air : Si Dorilas, etc.

IL est mort, le bonhomm' *Classique ;*
Hélas! le v'là donc z'enfoncé!
On dit que c'est le *Romantique,*
Et le bon goût qui l'ont tué. *Bis.*
Malgré son âge et sa faiblesse,
Il eût z'encor vêcu queuqu' temps,
S'il eût z'été, dans sa vieillesse,
Soutenu par ses p'tits enfans. *Bis.*

Air : Du Vaudeville de *Jadis et Aujourd'hui.*

Comm' les fils d'un z'héros qu'on r'nomme,
Ils étaient tous dégénérés;
Ils donnaient, sous l'nom du *bonhomme*,
Des ouvrages tout rapiécés.
Chut! j'entends le Canon d'alarme (2);
Balourd, qui s'y connaît z'un peu,
Lui-même fait partir son arme;
Je crains ben qu'ell' fasse long feu.

Air : De la Sentinelle.

A ce signal, auteurs, accourez tous!
Et vît' z'au Roi griffonnez des adresses (3),
Pour que personn' n'ait pus d'esprit que vous,
Pour que l'Thiâtr' ne jou' pus que vos pièces!
Par c'moyen-là, vous vous enrichirez,
Par c'moyen-là, vous aurez de la gloire.
Vos rivaux seront ben vesqués;
Par Ordonnances vous irez
Tout droit au Temple de Mémoire,
De Mémoire.

Air : De Julie, *ou* le Pot de fleurs.

Ces scélérats de Romantiques
Répandent par-tout leuz écrits,
D'*Aristote* et des bons *Classiques*
Ils se moquent comm' des maudits.
Aux *Français*, il faut les voir battre
Des mains pour chanter leuz exploits;
Ils disent que leuz Henri-Trois (4)
Vaut beaucoup mieux qu'un Henri-Quatre,
Qu'un Henri-Quatre.

Air : A boire, à boire!

Aux arm', aux arm', aux armes!
Vîte, courons aux armes!
Virnet (5) déjà s'tient le menton;
Pour les enn'mis c'est z'un Samson.

Air : De la Catacoua.

Défendons la vieille doctrine,
Ne souffrons pas d'innovations!
Brûlons les vers de *Lamartine!*
J'n'aimons pas les *Méditations*.

Quoiqu' je sois d'humeur pacifique,
J'me battrai comme un enragé ;
Et puis, si j'ai
Le nez cassé,
Un œil poché,
Ou queuqu-z'os fracassés,
J'crirai pus fort, bon homme *Classique*,
Qu'tous les librair' que t'as ruinés.

Air : A l'âge heureux de quatorze ans (de Romagnési).

A l'âge heureux de trois cents ans,
L'pèr' Classiqu' finit sa carrière ;
Il fit ben d'pas vivr' pus long-temps ;
On ne lui laissait rien z'à faire.
Chaque jour, ses nombreux enn'mis
L'accablaient d'un nouvel outrage ;
On n'en voulait pus à Paris ;
On n'en voulait pas au village.

Air : Bouton de Rose.

Qu'il est perruque !
V'là c'que tout chacun lui cria ;
Et pour couvrir sa vieille nuque,
Sur le Thiâtre on lui jeta
Z'une perruque (6). *Bis.*

Air : Une Fille est un oiseau.

Après ces affronts sanglans
L'chagrin s'empar' de son ame ;
Il embrass' sa pauvre femme,
Dit z'adieu z'à ses enfans.
Et puis, s'drapant z'à l'antique,
Dans l'fauteuil académique,
Auprès d'un poëme épique,
S'endormit z'et se coucha ;
Enfin, z'après uu p'tit somme,
Il est mort, le pauvr' cher homme,
L'jour que *Pertinax* tomba (7). *Bis.*

Air : Nous nous marierons dimanche.

Ai-j'ti du guignon ?
Pus d'Agamemnon (8) !
On a licencié z'Oreste,
Jamais je n'verrons
Ses convulsions.
Nous n'entendrons pus Thieste ;
C'te famill' là
Qui nous charma,
Se r'tire ;

Mêm' d' l'Opéra
Z'on la chassera,
Qu'en dire ?
Je n'verrai donc pus tout' ces bell' pièces-là!
Ça m' faisait pourtant ben rire !

Air : Ma tante Urlurette.

Vais-je à la *Fête de Néron* (9) ?
Ou voir z'*Olga ?* Ma foi, non (10).
N'y a pas d'plaisir ; ça m'entête ;
C'est trop bête ; *Bis.*
C'est beaucoup trop bête.

Air : Au clair de la lune.

Hélas ! dans la tombe
Le v'là descendu !
D'douleur je succombe,
L'bon genr' z'est perdu.
Toi, qu' j'pleur'rai sans cesse,
Mort sous tes lauriers,
Faut-i' qu'tu nous laisse
D'méchans héritiers !

Air : Contentons-nous d'une simple bouteille.

J'n'eus' pas t'osé faire cette kirielle,
Si, l'autre jour, z'un quelqu'un ne m'eût dit
Que d'*Jacotot* la *Méthode* nouvelle
A chacun d'nous donne le même esprit (11).
Quoiqu' c't'idé'-là me paraisse sévère,
J'suis trop poli pour lui dire que non.
J'crois st'apendant que c'coquin de Voltaire
Avait un peu pus d'esprit que Fréron.

Air : C'était l'argent d'un brave militaire (du Soldat laboureur).

Mais c'est z'égal, ça m'donne du courage ;
Car drès qu'on est z'écolier de Louvain,
Tout d'suite on peut fair' la plus belle ouvrage ;
Sans s'en douter, z'on devient z'écrivain. *Bis.*
J'ai ben prouvé, d'après cette épitaphe,
Qu'Cadet-Butteux n'est point du tout manchot ;
On voit z'aussi qu'j'ai z'appris l'osthographe
D'la cuisinière à Monsieur *Jacotot* (12). *Bis.*

NOTES.

(1) *Les autres peuples disent : Homère, Dante, Shakespeare; nous disons : Boileau* (Victor Hugo).

A propos de *Boileau*, et pour la première Note, le lecteur ne sera pas fâché, je pense, de trouver ici le Dialogue que l'Auteur fit paraître, il y a quelques mois, dans un Journal littéraire.

DIALOGUE DES MORTS.

BOILEAU ET LORD BYRON.

BOILEAU.

Je ne puis revenir de mon étonnement ; quoi! Lord Byron dans le lieu qu'habitent les Poëtes célèbres !

LORD BYRON.

Votre exclamation n'est pas flatteuse ; mais pourquoi serais-je plus heureux que vos compatriotes, mes confrères, que vous avez tant maltraités de votre vivant! Tous ont été en butte à vos traits satyriques ; je ne suis donc point surpris qu'ils m'atteignent aujourd'hui.

BOILEAU.

J'ai toujours fait, je l'avoue, la guerre au mauvais goût, qui cherchait à s'introduire dans la littérature française ; je vois que je n'ai point réussi, puisque les écrivains de ma nation ont traduit et imité vos ouvrages.

LORD BYRON.

Et de quel droit vous étiez-vous institué le régent du Parnasse ? Vous, froid imitateur de Juvénal et d'Horace, fade adulateur du pouvoir, lâche détracteur de jeunes auteurs, dont votre plume caustique arrêta les efforts ? Quels sont vos titres pour vous trouver dans ce lieu d'honneur ? Est-ce votre Ode sur la *Prise de Namur*, ou celle adressée aux *Anglais ?*

BOILEAU.

Mon Ode !... mon Ode !... Avez-vous lu mon *Lutrin !*

LORD BYRON

Oui.

BOILEAU.

Pourquoi, au lieu de vous livrer à votre imagination en délire, et d'enfanter des monstres, ne cherchâtes-vous point à l'imiter ?

LORD BYRON.

Parce que ce n'était point là mon genre d'écrire, et que je regardais ce Poëme comme inimitable.

BOILEAU.

Vous convenez donc !...

LORD BYRON.

Oui, je conviens que votre *Lutrin* est un chef-d'œuvre. Mais avouez aussi que la Mythologie commençait à vieillir, les *fleurs* de Flore étaient bien fanées, les *fruits* de Pomone n'étaient plus savoureux. Cette belle idée de faire trembler le monde entier lorsque Jupiter fronçait le sourcil, était devenu ridicule par l'abus qu'on en avait fait; en un mot, l'oripeau de la friperie payenne n'était plus de mise. Les grands changemens qui s'étaient faits dans les mœurs des peuples avaient beaucoup influé sur leur littérature; moi, je chantai la liberté des Grecs; je fis plus, je combattis pour elle.

BOILEAU.

Moi, je ne me battis pour personne; je me contentai de chanter les exploits d'un grand Roi...

LORD BYRON.

Oui, *que sa grandeur enchaînait au rivage.*

BOILEAU.

Et mon *Art poétique*, qu'en pensez-vous ?...

LORD BYRON.

Horace vous fournit le sujet et le plan de votre Poëme; vous eutes le mérite, grand sans doute, de le mettre en beaux vers, et de l'adapter au genre de littérature de votre Nation. Tant qu'à vos *Satyres*, je n'en fais aucun cas; je l'ai éprouvé par moi-même, il est si facile de dire du mal !... Vous frappâtes de ridicule des auteurs d'un grand mérite, dans un pays où le ridicule est plus qu'un vice; vous injuriâtes un sexe faible, qui a droit à nos hommages et à nos respects, et dont le nom ne doit se trouver dans nos vers qu'afin que nous en fassions l'éloge. Comme ici on peut dire tout ce qu'on pense, je crois que la postérité me placera bien au-dessus de vous.

BOILEAU.

J'en doute... L'auteur du *Temple du Goût* s'avance vers nous. Je m'en remets à son jugement; il va décider qui de vous ou de moi mérite mieux l'honneur d'habiter ce séjour privilégié.

LORD BYRON.

Je me soumets aussi à ses décisions. Venez prononcer entre nous....

VOLTAIRE.

Je sais tout; *caché près de ces lieux*, j'ai entendu votre conversation; elle m'a amusé; je vois que la gente irritable des Poëtes conserve, même au-delà du tombeau, son amour-propre et ses prétentions. Mais à quoi servent les discussions littéraires qui agitent maintenant une partie du grain de sable qu'on appelle la terre, discussions que vous continuez même en ces lieux? Quelle guerre ridicule que celle du *Classissisme* et du *Romantisme!* Si, dans des genres différens, je vois dans chacun de vous le créateur d'œuvres admirables, comment voulez-vous que je hasarde un jugement? Je vais, seulement, pour vous mettre d'accord, si c'est possible, vous répéter ce que j'ai dit sur la terre, il y a à peu près quarante-cinq ou cinquante ans;

« Tous les genres sont bons, hors le genre ennuyeux. »

(2) *Le Canon d'alarme*, tel est le titre d'une petite brochure, qu'a fait paraître un Académicien déjà connu par la *parodie* en vers de la *Jérusalem délivrée*. Ce brave homme s'est déclaré (comme il le dit lui-même) le Dom Quichotte du *Classissisme*.

(3) Quelques Comédiens qu'on huait, quelques Poëtes dont on sifflait les pièces, en ont porté plainte au Roi, dans une adresse qu'ils lui ont adressée. Le Public, qui a été mis dans la confidence, les a hués et sifflés encore davantage.

(4) *Henri III et sa Cour :* pièce jouée aux *Français*, et qui a réussi, quoiqu'elle ne fût point faite d'après les vieilles règles, ou peut-être précisément à cause de cela.

(5) Je ne sais de qui veut parler Cadet-Butteux; c'est, sans doute, de l'un des signataires de la *Pétition des Sept*.

(6) Pendant une représentation du *Devin du Village*, on jeta une perruque sur le Théâtre. Ce n'était point à la musique de Rousseau qu'on eût dû faire cette insulte, mais bien à des vieilleries littéraires, que des nigauds admirent encore sur le dire de quelques pédants. Il est de certaines gens qui croiraient commettre un crime de lèze-littérature, s'ils n'admiraient implicitement les ouvrages d'auteurs dont le nom est pour eux une sorte de talisman.

(7) La chute de la tragédie de *Pertinax*, ouvrage d'un auteur connu par d'anciens succès, a prouvé que la forme classique ne convenait plus à la scène française. Nous serons obligés de voir des pièces dans le genre de celles de *Schiller*, de *Shakespeare*; cela sera vraiment bien fâcheux. Cette chute a été le coup de grâce donné aux *unités* d'Aristote.

(8) *Race d'Agamemnon qui ne finit jamais*, a dit avec raison un homme d'esprit (Berchoux).

Jadis, il était impossible de faire réussir une tragédie au Théâtre-Français, à moins qu'il ne s'y trouvât un Agamemnon, un Oreste, une Cassandre, une Iphygénie, etc... C'était la mode alors. *Que les tems sont changés!...* On ne veut pas plus maintenant de tous ces gens-là au Théâtre, que de la *Mythologie* dans les Poëmes.

(9) *Une fête de Néron*, tragédie de MM. Soumet et Belmontet. Cette pièce a obtenu un succès immense et mérité.

(10) *Olga*, tragédie de Mr. Ancelot. Je crois bien que personne ne sera de l'avis de Cadet-Butteux, qui, dans cette circonstance, se montre *ultrà-Classique*.

(11) *Toutes les intelligences sont égales*, dit Mr. Jacotot. Ce qui parait difficile à croire, surtout lorsqu'après avoir lu les *Messeniennes*, ou les *Méditations poétiques*, on lit les ouvrages de MM. tels et tels, voire

même les écrits de ceux qui défendent la fameuse *Méthode*.

(12) Mr. Jacotot prétend qu'on n'a pas besoin de connaître une science pour l'enseigner aux autres ; c'est, sans doute, pour cela que Cadet-Butteux, au lieu d'aller tout simplement chez un maître de langues, aura été prendre des leçons de la Cuisinière du Professeur de Louvain.

www.ingramcontent.com/pod-product-compliance
Ingram Content Group UK Ltd.
Pitfield, Milton Keynes, MK11 3LW, UK
UKHW020543230726
13925UKWH00006B/2423